东北美如诗

郭力家 ◎ 著

长春出版社

全国百佳图书出版单位

图书在版编目（CIP）数据

东北美如诗 / 郭力家著. -- 长春 : 长春出版社，
2025. 1. -- ISBN 978-7-5445-7629-1

Ⅰ. I227

中国国家版本馆CIP数据核字第2024KS3993号

东北美如诗

著　　者　郭力家
责任编辑　许加澍
封面设计　宁荣刚

出版发行　长春出版社
总 编 室　0431-88563443
市场营销　0431-88561180
网络营销　0431-88587345
地　　址　吉林省长春市南关区长春大街309号
邮　　编　130041
网　　址　www.cccbs.net

制　　版　长春出版社美术设计制作中心
印　　刷　长春天行健印刷有限公司

开　　本　880mm×1230mm　1/32
字　　数　106千字
印　　张　11.25
版　　次　2025年1月第1版
印　　次　2025年1月第1次印刷
定　　价　69.80元

目　录

"春"系列

冬至春又来

冬天的好处是

一扫来路不明的繁花似锦

眼睛又回到了自己的脸上

眼睛又像小孩的眼睛一样明亮

这个冬天的好处是

人怎么装鬼也装不下去

我被一步一步拉上了岸

又冻得一寸一寸靠向了你

——冬至春又来啊

现在主要是肺部的念头

醒了就逛来逛去的

一起一伏全冲着你

有点儿挡不住
也有点儿迷和离

这个冬天我决定
以后的春天不放在眼里
所有的甜蜜都流转到肺里边去
我的肺比我更可靠
他惦记上了你
他就一天到晚都不睡

眼看着你没头没脑的
清泉掠地
眼看着你不管不顾的
咪咪细语
落地成仙哪你
竟使这么大个冬天一下子变得滑若无骨
这季节这岛上窜起的嘹亮阳光
越不合时宜
越是流芳四溢

这个冬天你用什么武器

使我的血液眼睁睁地看着自己

水银泻地

没完没了的雪落缤纷哪

怎么也想不明白

这个冬天我会如此奢华

春上缘愿

经幡耳语
火苗蓝绿
我欠了月光什么

胡杨失血
倒在地上
我欠了远方什么

土屋木凳
手转经言
人居哪一个字上

用唐诗宋词的愿景

解读杯中的每一滴酒

我轻易不做梦
要做就坐在家门口
太太看不够我
我看不够门外
每一个人的脚步
谁的忙碌

我的家庭出身
汉语中文
我是那种清明的风筝
飞来飞去
飞出一身的骨头
还是落进爹娘的笑容

大地实实在在
人生无空不灵
男女牵肠挂肚
缘愿一笑了笑

春上今天

1

我告诉孙女
路边的墙根的每一棵树苗
都是找不到妈妈的孩子
把她们挪到公园树林里面去
就是你到幼儿园去

2

我自豪自傲自珍自喜
人间总有兄弟替我大写一笔
为了践行普希金的一句话——
相信吧

那过去了的日子
都会变成亲切的回忆

3

和明天一起
悲悯今天见不得人的行为

4

什么时候
良知用不着护身符

5

自由多好啊
我可以自由自在听天一样的歌声哦

春天述职

1

展望我的 2019 年
努力站好最后一班岗
按照组织的要求
一步一个脚印
喜迎光荣退休

2

我们只是在祖国做间操的时候
出来散散步
一出溜就是
一生

3

汉语累了

衣冠楚楚的累

明镜高悬的累

欺世盗名的累

词不达意的累

杀人越货的累

上蹿下跳的累

人魂异处的累

兄弟情义的累

微信虐心的累

有钱没钱的累

男女乱码的累

离心离德的累

从一而终的累

认认真真的累

风花雪月的累

诗诗意意的累

自以为是的累

吃喝拉撒的累

4

春天软了
古往今来的软
悲天悯人的软
无是无非的软
举目无亲的软
芳草连天的软
兵临城下的软
白纸黑字的软
欲语还休的软
傻了吧唧的软
生死难辨的软
没头没脑的软
将计就计的软
花前月下的软
话里话外的软
真假难辨的软

半死半活的软
探头探脑的软

5

宝宝乖了
喜新厌旧的乖
滑若无骨的乖
咬牙切齿的乖
三心二意的乖
自得其乐的乖
与时俱进的乖
长亭古道的乖
分手往事的乖
一笔一划的乖
欢天喜地的乖
天真致命的乖
任劳任怨的乖
死不认账的乖
无功无过的乖

不管不顾的乖
忙三火四的乖

6

诗人的道理千头万绪
归根结底一句话
造句有理

"夏"系列

夏 碎 片

1

一棵树苗

三月栽下的

六月就渐渐扬起了绿树临天的手

暗喜

感动

你若茁壮

我便舒服

三百六十五里路哦

你我好自为之

步步为营

2

初春初相逢
怀春各自清
入世缘分土
出生天风应

就这样根深叶茂了款款耳语
就这么天知地知了执子之手
嘿嘿没事
我们就永了个恒

3

一棵树怎么想
诗意这么乱
爱能几瓣蒜

4

让一棵树深情地活下去

我好腾出身子
一步一回头
浮云万里

5

一棵树怎么清楚
青春就那么两步
不是挨刀了
就是哀伤了

汉语进入跟资本赛跑的赛季以后
诗人纠结唐朝酒的度数
小说企图担纲国民故事的新闻发言人
散文持续散养了举棋不定的灵魂

6

一棵树怎么理解
除了比喻
你无处藏身

离开象征
人别无选

天真是天
诗歌歌人

7

一棵树怎么珍惜
汉语只有全球化了自己
你才能最后盛开在别处

人在局中不过菜
汉语最后或者诗

8

一棵树怎么轮回
向死而生
是事不是味
向天而诗

还是这么说得劲儿

9

一棵树怎么恭喜
这是一奢华冲天的年代
那么多伟大至死的人

市场化床
全民同炕
身在江湖
尿不由人
汉语陷阱
一梦乌红
守望本神
自成成自

10

一棵树怎么共享
青梅竹马了我

人面桃花了你

凌波微步了她

庄周梦蝶了谁

咏絮才高了诗

秉烛夜游了神

倾国倾城了梦

闲云孤鹤了身

白云苍狗了念

绿叶成荫了孙

追忆逝水年轻

青春

11

一棵树怎么悲悯

时间让

姜还是老的差

与地为敌

舍我其谁

与人为敌

其乐在贼

与天为敌

欺神做鬼

12

一棵树怎么应许

以梦为本

顺路今生

夏　记

1

——怎么不说话

——在路上

——去哪里

——情人约会

——艾薇儿

——小样儿

谁到六一不正经过个情人节

2

从怀柔的山里出来

摘一把山杏

起几棵山楂树苗

大巴伺候

地铁穿城

出租车上路

青青山楂小小年龄

我要领你见朋友

天气晴好

我要立马去见情人

我要和史上最美的情人一起

动手动脚

动水动土

动眉动眼

动神动念

动祈动祷

种树种苗

种我种你

西山巍巍

已经没有力气再长高了

春夏之交

我决定让我的情人和山楂树一道
以后天天都哗哗啦啦成长

3

——老家，我也戒烟了
我看你还继续烟不离手
哈哈，这下等着罚款吧
——想戒，还没找到借口
——借口嘛随便编一个
——借口：天大的事情哦
还是应该认真点儿好

"秋"系列

阅　秋

1

年岁越大

我越高攀不起自己的童年之心

从早上开始

当一个给秋天开门的人

把坐立不安的山野

左顾右盼的香草

翩翩无梦的蝴蝶

放进来

一丝一毫

反复淘米

2

秋天了
多少心念适合天上
多少人念适合地上
一木了心
风如诉你

3

你选择秋天永远离开人间
你笑到九月永远告别九月
你布置完了今后的作业
一声叹别
秋天的味道你我知道
九月的秋雨你我同伙
同世了
南北天水又能怎么样呢
同行过
生生不息着山水如歌
同一个瞬间

不同着传说
风
也是这么离开天的

再来的日子
就这么离开你的
再见的天光
就这么替你照出一个我

长长短短的身影
甜甜涩涩的以往
今天你活到云上去了
今天你恩典我
以后是一个天上有人的人
了
天安你容

品 秋 趣

秋天有多么秋

我也不知道

秋风有多么疯

你自个儿品去吧

秋天适合发生天大的事情

比如像秋风适合我守床待鸟

谁进了鸟笼子

我就线绳一松手

只当关门抓只狗

让地陪我聊聊天上的思想和地上的诗

只要你少扯点人们感同身不受的话题就行

除了秋天

一个人能正派到哪个天边去

离开秋风

谁见过明天的庄稼做成的梦

楼下的

玩雁的被雁钳了眼

楼上的

炒股的把自己炒跳了楼

秋天来到人间

主要是用秋风

解决人民生存和心情顺理成章的

品　秋　颜

1

今天多好

山竹在东北举目无亲

人民对我视而不见

上班路上

我一厢情愿

山竹鬼族挡不住

人间至味烟火中

嘿嘿

2

又快过节了

敲门问候的好人越来越少

手机上的腰蘑菇沟屯越来越多

秋天一步一步公开了我的国色天香

谁不服诗人

谁就活得不怎么样

嘿嘿

品 秋 风

秋天风远

落叶声轻

人间有多么美好　人知道

人生有多么艰难　人也知道

我只能以我的方式和你独处

我只能以我的活法坚持到今天

你明月一样的脸

一直是一句话

——替我活下去

像我和你在一起一样

替我好好想想

替我好好学习

替我好好休息

替我嘿嘿哈哈

替我欢欢喜喜

天真还在

你也真在

天真真行

你也真行

话里话外

我只有爱

麦浪涛涛

阵阵笑我

一个人了吧

你也有今天

嘿嘿嘿

飞鸟缤纷

草浪扑人

白桦林任性着剪开朵朵白云

灿烂的笑声随风现身

欢喜到家了你

你欢喜到家了

天真到家了你

你天真到家了

后来你没来

后来秋风如你如诉

后来秋天就有点披头散发的了

品　秋　心

汉语把我汉来汉去，

新闻把我新来新去，

中秋把我秋来秋去，

同学把我同来同去，

往事把我往来往去，

财富把我富来富去，

秋分把我分来分去

于是我和太太

乖乖的直奔长春海鲜市场

乖乖的买了十斤活虾

两条巨大的黄花鱼和一堆活蚬子

乖乖的准备好了喜迎长春师大一群举目无亲的羔羊
一溜嗷嗷待吃的狼崽子一朵朵共和国的花骨朵

人类习惯于用节日逼我无处藏身，
我习惯了用童年看你无路可寻

又见秋分前不着村
又逢秋风后不着店
又临中秋一帘幽梦
又是深秋一笑了诗

上善若我
实事求是
你看这样
行不行

后来诗说：爱是可能忘记的
色从来没绝过
忘记了过去的花前月下
背叛了今天的月色袭人

品 秋 胃

文化你文我化

生活你生我活

秋天你秋我天

信仰你信我仰

完了呢

天光之下我横躺在白杨树下直视蓝天的蓝

秋风里的太太一边巡视水边

一边捕捉扁担钩和蚂蚱

郭公馆的一只青蛙

也应该顺路借国庆节个光了

秋天天就软了.

东北风也凉了
今年秋天怪怪的
我的胃口乖乖地奔向了牛和羊

天大的新闻也挡不住
我的胃口决定的方向
顺时针来到长春四海回族餐馆
清真气质
古色古香

国庆节节什么呢
我庆祖国用了几千年
察言观色我的字里行间
终于抓住了我毫无思想觉悟的胃

品 秋 意

今秋真金可能不怕火炼
今天我软才能往事在前

天高云淡真挺管用的
他故意只看不说
人间至味丝丝缕缕男男女女林林总总你你我我紧紧
张张新新闻闻兢兢业业上班下班精精致致爱情情爱
没完没了着认认真真黑黑白白公公平平完完全全前
仆后继

今秋真实有效喔
我用一生的红男绿女验收
往事已经不再见我

这一回
天
真想开了
我也跟着痛快了

天空透透的
鸟声软软的
草木滑滑的
你呢轻轻的

这个秋天公布很多我小时候的心情
告诉我很多差点忘了的兴趣
给了你很多算不过来的明日

这个秋天的异常引起了我年龄的高度重视
人在人间谁也不傻
你的人生充满变数

这个秋天正慢慢放弃了秋天
接着爱情渐渐放手了爱情

然后你缓缓放下了我

当风轻轻放飞了叶

鸟哇哇放开了天

我才蹑不悄偷偷偷梁换回了我

爱还是不爱

从容还是不安

这个秋天都告诉我

这个秋天要结束了

品　秋　思

后来

天真秋天了

天真秋风了

天真落叶了

天真让我多穿点衣服了

天真把自己灌醉了

天真使鸟的声音瘦下去了一大片

天真换了人间不少男男女女的嘴和脸

天真有劲儿

天真这么下去

天真会逼得我服服帖帖地

天真说一不二

天真海阔天空

天真不是闹着玩的
天真到家了
天真郭力家了多好哇

天真要结束这个秋天了
天真浩荡了我
天真无邪了我
天真灭了我一生的古往今来
天真白瞎了我须眉洪浩之脸

天真善待了我
天真按揭了我

后来秋天真就来了
这秋天又舞台又玫瑰又汉语又江山又纯朴又公平又
上天又经济又伤感又假期又茫然又要上班又不言而
喻
好烦

品 秋 事

今天国庆假期结束了

今天上班

我穿过路边卖冬储菜的摊位

一些农村的两口子搬来忙去

他们大清早把小山堆似的菜运到城里面

他们大清早开始把菜一斤一斤卖出去

他们黑脸白牙

他们秋收劳苦

他们面朝人间

他们没有笑声

艳阳天凉

人为菜忙

东北入秋总是这幅景象

星期一编辑例会

郭力家发表了节后第一次重要讲话

——上班收心

大家把假日的愚拙消化干净

上班放心

及时转轨

让自己迅速成为工作需要的人

努力自立门户

坚持结果说你行

今天寒露来到人间

注意添衣

散会

一墙之隔

我坐着开个会就把工钱挣了

卖菜的兄弟姐妹们要忙乎一天

直到深更

寒露是什么做成的呢

人间处处你冷我热的

品 秋 韵

1

世上没有无缘无故的人民
人间没有无缘无故的脸

2

天上一小就飘着那么多不认识的风
天上后来又飘着那么多不认识的云
天上如今尽飘着些熟悉的人
然而我呢
然而我的初恋呢
然而你的容颜呢……

3

寒露初凝夜渐凉

流年往复女儿长

欲赊清光一边镜

相看落花我见霜

4

小时候面临秋天

能抓几个蛐蛐是几个蛐蛐

年轻时面临秋天

能和女生废话多少就废话多少

中年了面临秋天

一支烟想抽几口就狠抽几口

"冬"系列

冬 之 静

阳光深远

按理她会替我疼爱每一张需要温暖的脸

雪球纯粹

她也在帮忙

一圈一圈圆了童年好多面孔

小时候的冬天比现在还冷

小时候和伙伴儿们玩得太疯

忘了抱怨冷不冷

今天伙伴们全散了

雪地上只有老伴和我出门放风

冬天了

男人的自由是可以选择木工一类的诗意劳动
这很容易获得人民的理解和支持

大雪过后
本城的人民全低下了头走路
绅士全冻没了
路滑不由主

时间也冻慢了
声音也冻静了

静静到晚上
按摩完太太的脚
静静地听听她已经不再年轻的呼吸声
静静地给自己沏好茶水
窗外雪天雪地
也都静静的

几户窗灯缩头缩脑
一点自信和风格都没有

今夜本城乖得没一个人吱声

冬天的冷和静
能让人你死我活于无声

这天冷得
我都不好意思写诗了

白天的时候
有人建议诗从小处写
我这么试试
也不知道行不行

冬 之 圣

雪守住了雪

岁岁年年

我本来了我

字里行间

一步一步踏雪行船

谁爱谁自在

公也平了

正也义了

尊也严了

还想咋的

雪无言来我无怨

大冷天

最多不过脚点地

而今寸步皆为你

往事可来可不来

一点不耽误

我自个一人品味

这大冷天一笔一画的雪气天寒

学习冰雪好榜样

忠于天真忠于地

恩不过你

颐养我年

冬 圣 诞

2014年西方的圣诞节

间接落实在中国东北的礼拜六这一天

东北冰雪封城

地面灭了七情六欲

晨起太太要去市场买鱼食

就是那种细如发丝赤身裸体抱成一团的学前班的蚯蚓

出门下楼

零上二十度直接进入零下二十多度

你寻思吧

家

是一个什么东西

阳光是明媚的

雪路是静音的

一对少年夫妻老来伴

是英勇无畏动慢的

雪上三斤苹果

冰上两斤鲜橘

风上一把蚯蚓

顺手一条胖头鱼

我们俩都是从国际歌里边长大的

从来就不相信有什么救世主和圣诞老人

这样的时刻过到五十多岁

睁开眼睛

等于又孩子一回

过瘾

过得都有点儿不好意思了

开心

不开心那是非人类

先写到这儿
鱼起锅了
本王决定亲自喝口东北原浆泡酒
我圣诞个去哦

看着看着钟声响了

冬 常 态

冬天东北什么样

老天自有他的安排

今天周日

长春零下二十五度

阳光没得说

持续光明正大

我也没啥说

不远万米

携太太一步一冰走向一中型欧亚超市

明天得上班了

今天有必要深挖洞、广积粮

确保天天不在乎

全城超市侦查过后
唯此一家的面食甜点
保持用心用糖
而不是糖精混搭滥用

人到老
吃到老
哪里能吃出童年的味道
就往哪里跑

零下二十五度的天光沐浴
谁临谁知道
我的血液
已经适应循环各种世道
我看着太太深一脚浅一脚
企鹅散步
可笑可怜可是你帮不了
真像某个小子说的

一个爷们

能动手解决的就少用嘴吵吵

浪费性格

冬天教育我们

日常生活

能省点啥尽可量省着点吧

冬天来一趟人间

也累个好歹的了

窄路相逢爱是赢

且行且珍重

"新年"系列

新年告诉我

奇异恩典

何等甘甜

你用童年的纸包住了今年的火

人胜雄辩

前我丧失

今被寻回

你用水上阳光洗礼往事的脸

兄弟尽散

天风新鲜

新年告诉我

恩在典上

敬畏连天
安慰通体
你说咋办

天上哪一片蓝
知道我
雪域哪一枚叶
坚忍我
感应哪一声叹
覆盖我
心动哪一缕烟
祈福我
吉祥哪一张脸
辽阔我
相信哪一时刻
无常我

多想陪伴天上的你
放马白云之间
多想现出地上的你
落梦夏天

满城花香

怎么用也用不完

开始谁也不懂

开始就是朝圣

开始谁也不清

开始就是雪莲

开始谁都狂野

开始就是收敛

你一直在用我当孩子

一年一年

我们新来新去

坐化冰河

我们春来春往

除了天真

我们学不会什么

嘿嘿

新年告诉我

新年 东北

新年

冰雪已经全部到位

天色至蓝至冷

完全语无伦次

地上的欢喜

一团一团的

滚回家里过年的人们

每一张脸上

都露出比门牙还新鲜的人间

新年

选哪一款蚂蚁

散步在热锅上

能过过脱俗的瘾呢

窗外的东北跟我差不多
雪上灯火通明

"悬"字系列

雪语——悬天

听清雪的每一句话

听

风雪蜂拥一座座高山水银泻地

风横在森林深处夜夜失眠

乡村不断联想城市

炊烟渐渐失明

圣殿用春天最后的颜色

一瞥大地腹部一望无边的草木年华

冰雪动用另一种歌声

漫步自己美色凛冽的人间晚风

连天上都到处是我的兄弟姐妹

地上的生活就全是欢喜的节日

雪从头到脚都是雪

深省大地

爱，开始和后来全是对自己的爱

子孙成群

飘与落

不借预言

照响钟声

带雪的晚风改变了谁的温度

红或看或温情或逃离或轮回死生

红是没有的

雪轻轻说

你冷

你久已不忍冷过刀锋

雪色耳语血液奔腾

同一个字

或晨或钟或暮或鼓

雪开始一种颜色

雪死后依然如生

雪放下全部身子

听

一场雪的热烈、清晰、倾诉、泪溶

看了你一寸一寸着意深藏

相信你到底无从雪藏今生

雪起风舞

你缘他故

离开家门以后每一个落脚的地方

都晃动着家灯的身影

告别母亲最后的叮咛以后

所有的来风都是母亲的一种眼睛

眼睁睁一个个飞雪少女用越来越

冬天的速度

冰封宿命

抬头或转身

雪已经看不清你每一缕昨天

听清雪的每一句话啊

江山变身人变色

一夜冬雪向南行

嘿嘿细听

时间暗翻雪夜心经

——与君换眸眸如君

与人换身身还人

与死换生生如许

与时换境境犹纯

与佛换念念封尘

漫天寒月借走了今夜全部表情

又剩下你一人了

多清心爽肺哪

一天一真的冰雪飞红

旖语——悬旎

这是最清楚的春天

这是最不明白的春天

人离房越来越远

地离震越来越近

蚁居的蚁居

蜗居的蜗居

候鸟满天候来候去

春天来了

玉树伤了

下一场雨吧

就当人难受了喷出的眼泪

全世界没有水的草联合不起来

全世界的春天不同地走在一条路上像我的
精神没有出路而天天精神
哲学田野调查以后继续哲学
问题隔夜科学以后再问题

与神对话
神看你了吗
与人相爱
人爱你了没
与地谋地
地同意了吗
与鬼量魂
鬼想好了没

会常回想起
那时的出生
那刻的依赖
那身的爱恋
落霞纷乱
揉落了一绮霓裳

那些年月

这个瞬间

偏偏心悸那一缕寒

你明白

伤害

晚晚了

谁来

墙斑驳

影间

灯火处

不再

年以后

风来

心淡了

眼在

一个人的地老天荒

一剑一江湖

一颗棋子的儿女青春

一夜一春秋

褪尽旖旎

断情的是梦还是病

鸩酒一点

劫世不复

你总会遇上你的诅咒

悬崖惊鸿

相交心湖

层层涟漪不可收拾

你把自己一步步推到最接近刀的温度

草香水绿

八面临风

如果有人来

如果有人懂

祥语——悬云

1

日子身不由己

祥和之云相随

找个能信的仰

碰个能亲的爱

求个能真的理

握个能天的真

盼个能永的恒

一个人的天意天很清楚

一颗星的茫然夜很无辜

今天

我是这么想的

天葬地葬

不如活得像样

有钱没钱

不如天天安康

2

这个春天了不得

风萧萧兮春水寒

谁的铅华谁洗尽

一个春天两种脸

好想和你唱一支歌啊——

春香草木欢

何日君魂还

又过了今天

一个人散淡

人生难得温馨晚

不思也是念

3

宁可得罪过去

也不伤害今生

可以埋了自己

也别耽误开春

——做人容易

做一个孤单的人可不容易

4

童心发愿

你还没有过上你要的生活

春意微凉

你还没打算盛开你的眼睛

借个草莓

怀念红色的冷冷热热

借个叮当

逛逛小时候玩的地方

原来春天是这样的

举头云遮月
低头紫丁香

最晚的春色软软地来
今年
一个清明滑弱无骨
像一次分来分去的娩
哭了半天全是风声在唱
想了一晚全是你脸在想

那该哭的时候不哭
傻吗
该笑的那会儿不笑
奸吗
该疯癫不好好疯癫
行吗

给个台阶下吧
有点儿累了

5

哭了半天全是风声在唱

想了一晚全是你的脸在想

能和你好好相处的春天

是最有出息的春天

能和你相依为命等于

迎受一次安详人间

往事如金

繁华无比

脚下生风

一路香馨

配合你像接受春天的临盆

呵呵那春天让我干啥

我就干啥

6

估计正常人童心的力量比银行的力量要大

因为正常

你的阳光你管不住

你的温馨你收不回

了解自己很费劲儿

如你开我就放

因为正常

大哥多大

老妹多老

说啥是说

干啥算干

7

春色之外看你的无辜

没有一根羽毛不让我双脚生疑

离地三尺月无语

挖地三尺谁唱歌

想不累

就不依不饶地坚挺你的高贵

我去梦里有点儿事儿

先睡了

这一次人间的地方这么小
不手扶着童年你直不起腰
简单就好
从容是福
一小就知道
一直没做到

8

下定决心
赎罪赎身
排除万难
再度从前

你的安详佛光了我
你的安生长成了树
你的春天这点儿好
我失去了什么
她就会给我找回什么草
你的容颜这点儿更好

哪儿春寒料峭

都有你的暗语

神交心许

清语——悬茗

炫耀绝望的最好方式

是彻底觉悟

像你似的

风还没来

人先飘逝

因了无奈

所以有为

呵呵报应面前没苦乐

有时想想

你比佛行

一口吸尽西江水

地狱不空不成人
天路不尽不为佛
你懂的

凡是有人类喘气的地方
你就像阳光一样盲目思想

自己无法走向自己
——上帝从来不看上帝
自在反复
用未来的愿景
塞满今天的牙缝儿

今天在一间咖啡厅里谈劳动的
主要是哪些文化名流
没人数

失身好像比落叶的速度还快了
孤独好像比人口增长得还快了

人才是用来被埋的

长成树了你再哭

能死啊

只有不明白才能好糊涂

像

钱被人拿来拿去

人被钱拿来拿去

哪里有关系

哪里就发生关系

管人借钱

真的不带这么抽风的

你骑黑马夜骑你

算来算去数算人

——贝多芬和老家学会了四平八稳

等于人类落实了天才

破罐子破砸的伟大声音

这嗑儿

也行

强颜作笑上了瘾

懒得忧伤滥写诗

一直在转让

没敢要尊严

始终换脸谱

不求有姓名

我的敬畏到你为止

我的感恩到你为止

接下来

我活得祖坟似的和和气气

春天谁都绿过

男人谁都硬过

就行了呗

聪明人好像有不少聪明的死法

混到底还是个落叶蜂拥秋风里

枕边倚书

梦里悬月

天和地平
不亦乐乎
一盏清茗
尽洗尘心

脚疼全靠酒后
一步一步不靠谱儿
心疼不如逼暴风雨
来得更崩溃点儿呗

执语——悬着

1

本王看天天和谐

2

执着了
就有一副枷锁给你备着
自在了
就有报应摸你的手

3

你越来越像你
让我动心的全是些不认识的熟人

4

青春是青春的通行证
老狗是老狗的垄上行

5

蜕皮可以
褪色难点
——我是对我很信仰的我

6

天气转凉
脑袋变傻

7

往事不敢敲门
幸福了吗
纠结了吗

8

让巴尔扎克来得更鲁迅奖
让暴风雨来得更鸟语花香
秋天了
你好像没思想了

9

香山叶秋
君子好楼
以不想为念
八面来风了吧

10

太信鬼鬼就爱上门
太把日子当回事儿
日子就把你压得喘不上气儿
大事过去了
攒点儿心情
等着老泪纵横

11

今天可以

往事合理

敢把新人变旧鬼

行啊你

上天让你无聊

你就坚持不屑

毅力人儿

12

没招儿

——岁数越活越嫌少

　日子越过越想笑

13

走过那些没有你的山路

就是走路的意义

检验往事的唯一标准

就是看我今天舒不舒服

14

真的实不了
好的久不了
一条大河惦记我

15

开始的祖国开始了我的童年
最后的火焰书写你最后的容颜

16

社会风气跟我的爱好越来越配套
秋天给我出了这么好的主意
换位倾听
坟里的眼睛怎么说
——当眼泪流下了
才知道
你现在的哭

解决不了我脚上的痛

17

善于旧梦换新颜
我一直想送你一个大红双喜的洗脸盆子
结果没送成

18

想看青天遇上了云
没想知道雨落在哪里

秋风吹来了所有含意
天高人淡定
关键时刻
你有权保持不语

得礼节性跟上季节性的荒唐
生活挺好
我不好意思变老

行语——悬走

1

春天是喜

不是逢场作戏

哪个春天可以出轨而不接受报应

哪个报应可以出格而不有缘有份

2

日出长河红似火

月亮忘了我的心

长河弯弯

芦苇青青

小路依水划晴空
身前柳绿身后风
一地闲情

奈斯比特说
——我不知道谁发现了水
但肯定不是鱼！
——呵呵
我不知道谁发明了人
估计不是上帝

3

春天的格局格不住春色的变局
谁都得离开今天的温馨

风情万种为过客
梦里依稀还故人
郁金香暗度罂粟
满眼空花满天真

这个春天挺体面的

就是心情差点儿

这个年代也挺体面的

就是局部表情差点儿

所有阳光都明示你要活好

魅力月色尽祈福

君意安详

4

鱼翔见底

痛爱前非

眼睛看不懂不断翻新的惨剧

日子就只剩下用不完的喜剧

了

阵雨之前种棵树

阵风过后看新绿

名词怎么明才算名词

动词怎么懂才算动词

这个问题是眼睛的首要问题

5

无缘大慈

同体大悲

自己就是自己的贵人

冉冉红日

徐徐承欢

青石碧水

竹顺天安

能感能动能活命

没房没股两眼清

一无所有看啥都得

摸石头砸脚

想上当无力

看天鹅落羽

进春天地震

我们走在大路上

也有地动也有阳光

倒下了树垮塌了房

我们接着站起在马路旁

一支烟之前

一条河面前

一条鱼眼前

满脸

欢不尽欢

喜无处喜

6

冷也不争春

只把梦放好

歌舞升平烟如火

漫画刀锋笑

——看了笑靥如花的"女殇"之后

看了笑靥如花说

这个春天一直冷

简单就是方向

从容使人健康

——我想把这句话用在一本书上

7

你的春天天都看不明白

四月种下五棵树

天上落下百年鸟

河边我们彼此交换了眼神儿

想道一声

个自儿保平安吧

鸟说

俺是出来找食儿的

春天关我什么事儿

8

女人在床上流的泪

比在任何一个地方多

男人在床上说的谎

也比在任何一个地方多

张小娴如是说

那流泪光荣

还是说谎伟大呢

问了好多人

个个说不清

9

唇唇欲动

叶叶翻新

春天就这么怜人儿

海棠树上鸟声乱

落英无数好入茶

金语——悬权

1

星空望我
想说什么你就说

长河顺我
想不让我觉悟都不可能

我亲自将不幸流落在马路边
铁栅子下的学前班级的小树
移居到风水宜人的阳光水畔
我的手阶段性变成了上帝的手
百年以后

根深叶茂的重大记忆
正在我的手里轻轻完成

3

你的人生价值基本定完了以后
主要应该提高菜价
外焦里不嫩的你不像是个过来人
一棵过去了的
葱吧

4

后来活不见心
死不见情
就是最屎性的海誓山盟

5

留得青山在
以为君再来

喝完这杯酒
明月会相伴
嗨

有一种清净是远离两人以上的聚会
还有一种幸福就是搂着自个睡了个好觉儿

无往不你
君临莲开
知不知道
又能怎的

冰语——悬浮

你剩下的笔没再写字了剩下的房屋一直住着人
你剩下的隆冬冰雪火爆剩下的笑容默不作声
你只能高贵
你和最深的土在一起
你只配幸福
你反复活成一封情书
就是没想往外寄出
你还了不得
你主要的人生是和天上的星星一起往下看
——剩下来你们玩什么呢
你太想淡出
这一回没淡好你淡得太自我了
随风冰寒匆匆落了一地的梦

你太冰雪了

连晚风看着你都不敢靠近

你太天使了

地上人间的哪儿都有你

哪儿都够不着你具体的一声

你太阳光了

春来春去地走哪儿都是一身春天

你太童话了

狼想起你都怀念失去的领地

眼看着你用我的胃口活得古色古香

幸福的泪水没事儿就迎风飘荡

要是你没用错我的心情多好

要是你没用错我眼光多好

要是你还像你童年的愿望那样活着多好

要是你还跟你静静地看着窗外那样看着眼前

的一切多好

——别碰我

魂儿疼

你个专门洒向人间都是怨的小畜生

——连天都懒得看的时候可以看我

你的话含含糊糊的

——连梦都懒得做的时候可以梦我

你的脸红红火火的

——连死都懒得死你就对付着一人活着

你的嗑儿没一句像是人说的

话一直在离开话

你一直在离开你

这一次冰天雪地

看看能不能

冻住你呢

这一个无缘无故的彻底冬天

像一个人

彻底无力

雾语——悬眸

眼睛要能不随着心思走

眼睛会活得挺幸福

怎么说来的——

惜君如己

生来若去

好深哪你神经兮兮的

风和夜的形同陌路故意把人惹得身影作痛

用很童年的心思和你散步

往事和盘托出

出门了又进门了

手冷了手热了

第一次学会疼人儿就疼了你一身病
想着爱你就害了你一生

舍身之舍
回声隆隆
念君之念
雪底藏风
珍惜着点儿啊
好多日子得留给你死去以后的山山水水哪
那泪滴穿孔的声音
那泪滴穿孔的一地冰雪
完了呢

要是夜晚能照亮夜晚的阴暗
要是光芒能恪守自己的光芒
多好

依一棵软柳依一剪身影
上下多少年
不变泉水声

忙来忙去的

冰冰火火的

多大个事儿啊

反正今天够不上你了

你就解放了我身后的风

好孩子

孤单比牵手更幸运

孤独比相逢更幸福

我信你行

呵呵不行也得行

肩头有柳

不管不顾着雪野封疆起晚风

蝶语——悬泪

水仙花前

你安在静上

一个下午眼睛都没眨一下

一个下午没有听到花开的声音

一个下午水仙花没和你讲一句话

妈妈说把花放在阳光下

整个屋子都会很香

妈妈没有讲

芳香是一种泪滴穿孔的声音

妈妈也没有讲

芬芳还是阳光唤醒的泪滴穿孔的冬日冰雪

泪滴和传奇没什么关系

泪滴灿烂

直说了我的现世多么干脆无魂无主

泪滴连心

孩子和硬汉只是一个人分内很软的事情

泪滴穿孔和蝶恋蝶变有一点儿神似

泪滴总是由热变冷

动作上模仿春天、少女、雪花的弧线

——你走不出的

已经不是爱情

是你自己的性格指纹

泪滴滴滴的说

爱只有分手才好继续着爱

你回望往事人更自由

天落泪痣

果报今生

泪痣无力泪穿孔

来风一味向晚行

若信如许真实语

三生还听一楼钟

几个词就可以捡起泪的流浪姿势

还可能捡着百度红楼冰雪枯荣

男来女去的一字繁华啊

傲人的蝶飞人离

把我们剩下来了

偶然的物是人非

把我们流放成病

——我也要为我的爱情写本书

但我不要眼泪

要是你不要夜的黑黑的夜就真不来临

剩下来

泪滴继续蝶恋的柔软

穿孔不时暴露了抒情

流下来冬日会是谁的冰雪

掀动一蝶一羽的万语千言

想好了没

要是你的慈悲连佛都看不懂

要是你的心念连鬼也看不清要是明天

蝶挡不住蝶

你挡不住你

剩下来满天泪滴凌空

一个下午水仙花没有和你讲一句话

水仙花独恋蝶的羽

水仙花不识泪的雨

一个下午水仙花也没有告诉你

明月易低人易散

恍如隔世玉上烟

星语——悬红

加上你

生活对我的疼爱就更全面了

你把娇撒到天上去了

我跟着大开眼界

该深刻的地方你都深刻遍了

能肤浅的时候你也肤浅得幽雅经年

打算天长

先地久了

没想永远

也永远了

一叶春暖窗开

碎了谁的一味冰河

醉了谁的一款冬天

还是轮到你了
一瞥江山人初嫁
身不由己已传说
嘀嘀呵
谁挡得住谁呢

不惦记你我找不着像样儿的事干
不做梦我很容易饿得没头没脑的

人前人后我不敢得罪一个喘气的
上班下班我不敢怠慢眼前每一个字儿
好人扔哪儿都是好样的
这嗑儿像是你说的
今年我的耳边
说话的好像尽是些古时候的人

明月清辉之前
你到处去打听你

灵魂出窍以后
你原来就不是你
现身献不出根本的泪
忏悔找不到原始的门

大风吹我落长河
长河湾上亮盏灯
——谁啊
我呗像盼鬼似的

五月——悬树

于是五月

柳枝青青

楚楚依风

于是丽人

出门入神

如怨如梦

春意袭人泪想出

往事太无辜

寄身浮萍多冷暖

缘定一人行

于是五月

你凭空落地黑黑土土

你随缘而吐绿绿青青
你选择活下去
你放下昨天向阳光跑去

五月
柳枝深深神神
活了
一脸少女的笑意
一身站立的泉水

于是
一棵树因为我而跻身春天
我因为给春天了一点颜色
暗自欢喜
估计这棵树的思想
跟我差不多
估计这棵树不懂的是
我为什么把她看作
雪莲
于是我冲着没有信仰和方向感的五月说

——天

下雨吧

我的雪莲要和这个春天发生关系

年语——悬念

1

我离家园君失主

风来云走

再相逢

已不可能

就这样和你分手

就这样被组织征用

就这样看着你两眼十万个为什么

问得我两腿迈不动步

你是一头男狗

和谐社会里

请勒着点忧伤

单身岁月中

好狗当自强

各自保平安

以后自个儿看新闻联播吧

男人和狗

除了腿长得不太一样

打法处处都挺相像

天涯何处无芳草

遍地骨头都活命

拜了弟兄

2

你和谐就得她精神紧张

——地上没有任何一只鸟

享受人过年的安详

你开心就得她流浪

——天上没有任何一只鸟

能欣赏人过个年的烟花炮鸣

没事儿就吉祥着吧

四面歌舞升平

都是狗看不懂的幸福

3

你再夸我我就飞天上过年去

你再这么把我当回事儿

我就提前春天

4

男女唠嗑就这点儿影响美学的进步

——好模样儿的唠扯唠扯就往悲剧方向使上劲儿了

好像只有悲剧才能救心情似的

多有悖两厢技术上的根本要求哦

浑身窦娥了

让人看着就无处下口

你

被人过年了吧

摊上今天这人类

你真得放开

要么

开始就别系上

5

你不找理由

理由也会找你

你没想春天

春天也会来临

你不怀好意

生活也照样挺好

你一毛不拔

物价也照样提高

你可以把自己当棵葱

我可以吃饭不蘸酱

6

北京适合天天过新年
——天全心全意蓝

路百米内无人

阳光直扑胃口深处

吐口气吐的全是舒服

7

发现有一种女人静乎如画

她眼里的革命近乎无声

到白桦树林为止

还有一种雪地看不见路

走的人多了就有了路

走的人太多了

又没有了路

到海的割耳为止

再有一种话使所有听见的女人不仅

仅想哭不仅仅会心一笑

——我们在天上的父啊

到刘涛为止

8

英雄啊没人的地方你不英

美女啊没人的时候你不美

太像写诗的这帮畜生了

——无情的时候他们把天都敢整得豪冷

比如——

天南海北同一拜

冰开雪暖共新年

比如——

浪迹江天凭君望

伴狂飞雪谢冰凉

比如——

笑别今宵一滴酒

痛饮来日万领风

比如——

此去经年多珍重

留得情肠报来生

比如——

你何时开始回头呢

——一出生我就一直在回头

——一过年就想待在去不了的地方

——一除夕就把我雷成了惊弓之鸟

9

你完全

我就彻底

你干净

我就利索

像如今

牛人不过年

过虎

虎年不过日子

过马路

虎人只能是传说

森林早就人工的

10

我学习文学史的动力有两个
——写好自传和情书
我跟徐志摩一直处不好
我感谢他是他让我认识了陆小曼
男人和男人的关系就那么回事儿
跟女的可能了不得
过来人
好像就这么都混过来了

陆小曼碰上谁谁都得变成写诗的
徐志摩咋写字也改不了一脸的行政公文
最是那弱弱的莎扬娜啦
叫人噩梦到如今

11

后来你还把我改装成了个写诗的

我知道生活的别有用心
开始了
用阳光影响我的皮肤
用爱情改写我的眼睛
用装傻对付我的工资
用下班打发我的网友
用吧
反正闲着也是闲着

后来我一声不响连哼哼你都听不着
样儿吧
你能得劲儿吗

12

贱惯了
你真给我爱情我会真疯
是玩笑大了
事儿就大了
还是事儿大了

玩笑才大了

——让你看春晚你看春运上了听儿

低碳低不过你低领儿

狗狗喘气都不匀了

这心情跟纸糊的似的

上午还玉树

下午就临风

两手寂寞开无主

一天了一个不好看的字我都没用

就这样把牙一碰

好好上班

天天像样

春语——悬剑

1

还是你的心音水响告诉我

冰挡住过雪

冰雪加起来

没挡住春天整片整片的飞翔

看见小孩儿怎么尿尿

就知道这春天多么水亮

春天没你想象得那么高尚

鸟语花香着梦里梦外的

除了清账

就是记账

2

你的天路繁花依人

笑为谁笑

哭为谁泪

死借谁命

念替谁想

目不闭户月照邻

你的边疆芬芳滚滚

3

没星空过

在空

没长大过

在长

没低头过

在低

没静下来过

在静

没听懂过

在听

没死亡过

在死

没忏悔过

在悔

没捐魂过

在捐

没认真过

在真

没自在过

在过

没无耻过

在耻

没迷恋过

在恋

没活透过

在透

没出家过

在出

4

还是你的水色浸人山风入骨

一世歌声痛彻童年

春草又上长河湾

你看他开心他就开心了

这阳光明媚的

谁敢忧伤

若语——悬磐

不期而遇就铺天盖地
全心全意还反复轻易
——一场春雪信仰高扬
明晃晃擦亮了我的眼睛

春雪还告诉我
更多美好的花并没有开在人间

这是一场无心的春雪
飘着飘着就有心地告诉我
人生是可以从容的
一叶一叶往下落
无条件来

无条件去

无条件笑到最后

感动入土

天

放下便是春天

人

放下才进人境

能把我当饭你就吃了吧

能把我当雪你就下了吧

信过神了

信信鬼也行

爱过人了

爱爱灯也行

我觉其间

其间觉我

原来春雪比我软

细数春风比天平

我在用空空的双手
挣回白雪一样的粮食

早春
我看到了一场春雪冷静的尊严
天把雪放下
雪把心放下
我踩着白布一样的雪去上班
我没啥好放下的
我现在两手空空

觉悟是先天的山泉
后天给她的
全是下流的路径
抱着你哭比干别的得劲儿
想着你笑比搂着人舒服
雪啊

童年太厉害了
见了你我就看到了你坟墓的嘴脸

——小时候你饿得好可怜啊

春雪更尿性

她能重复童年的冷

一个死孩崽子

两天没见以为我看不清

样儿吧

你的一生我只借一晚

你的阳光我只用一天

风和继续日丽着

畜生继续八卦着

天降大雪于斯土

地就醒了

寻找自我的英雄汉

鹰叼走了

剩下早春继续刚出生的婴儿似的

每一丝风都细皮嫩肉的

碰哪儿都能碰出哭声

摸哪块都能摸一把精湿

起来
饥寒交迫的爱情
起来
夜不闭户的眼睛
满腔的寂寞无从沸腾
全球化人生像寄生虫

跟着春天去离经叛道
这完全是风的核心要求

睡错了也得睡
爱错了也得爱
想错了也得想
活错了也得活
死错了也得死

春天来了
春风反复告诉我们

美好就是靠不住
春天找我的时候
我也在找
找不到的人

上天给了你上乘的眼睛
你就得干点上天的事情
我学着春雪的动作
用放逐坚持飞蛾扑火的剧情

　　（写到这儿野夫就飘来和春雪差不多的短信——张枣于中国时间三月八日凌晨在德国蒂宾根大学医院去世，享年48岁）

原来地久天长
疑似一行清泪

"雪"系列

雪　迹

A

说呵，哪怕用声声叹息

告诉我，你如今流浪在哪里

几乎你所有念头

都预先触动我的伤口

阵痛交融

怪梦还是

怪梦般的祈求

多少次嵌口无言

是幽怨巍峨得无法吐出口

瞥一眼就知道

又要多一件心事

秋风不平我心事重重
像你走向我时
早已忘记了你自己

目光迹尽旷野
身影过早失去了回声

以冰痕的微笑
轻嘘夏季
你呵无法再生
不会重来的少女

相依于一瞬
怕想先前
怕言以后

以后我是一滴清泪
流入哪一双眸子
以后你是一缕轻愁
落寞于哪一条小路

雪崩季节人宜缄默

这一个字如何写

我不问

直至分手

直逼得冰天忍不住飘落

最后一阵冷雨

B

也想酿就一场灾难

然后转身来与你分担

也想步入你双眸

怡静如尘

淡忘回家的路

像在你身旁永远流连忘返

夕阳隐遁最后的情感

天宇暗蓝

我好像已经走出太远

一叶秋风

落木纷繁

你看不看见

我目光缄默

一直在听

听你细雨绵绵

长发倒流

掩你面色如烟

怕想往事

水漫四方时心不着岸

凭人怎么走

桥也是虹隐隐现现

脚步临风

风吹桥断

多少次长睫直下

流不尽少年心血一泓

千万回大漠潮涌

徒然逐晚风声声长叹

迟早就范于流浪的宿命

迟早像沙漫漫

云游于岸

像侧目你时你已雕石

雕石已陨落了久远的呼唤

当足音自传说中

悄然走来

真想撇下世界

我什么也不管

走向你

清澈为一汪冷水如月

悬你眼际

盈盈弯弯

新年、好新鲜的雪

想到过下雪、没想到下得这么新鲜

想到过开心、没想到这么开胃

想到过你来、没想到带来这么好的京华雪夜

嘿嘿、挺老个古城浑身上下跟着要发芽似的

一片雪连起小时候的一个个羊群

那时候你们就明里暗里连成了一片

——没有啊

谎鬼呢鬼信吗

千番心思万般念的

要星座还是要可心吧

放下昨日还是放下今身呢

一叶花纹五路攻心

今夜大城四面临风

他、为什么是他

你、怎么会是你

谁又偏偏这会儿

把百年之后的冥冥之雪一枚一枚亲手送到了

花前月下

新年

过去的一定得过去

该来的一定会到来

眼看着你们雪来雪去的一地笑脸

挺神的啊

新年、这么新鲜的雪

雪落雪断三月天

三月是靠不住的
三月的脸容易灵魂出窍
三月深陷故事情节

很多的冰在滴
最后的水
很多的花想开
心里没有底儿
很多往事撵着三月
解决春天

一场大雪
把鸟的叫声和身影拍得干干净净

三月的大雪下得思路清晰
三月落下了一层接一层故事的羽毛
大雪是靠不住的

三月留下了表情没有留下退路
三月立地成佛用不着出路
三月的心思三月比漫天飞雪更明白
心思是靠不住的

三月行色匆匆
三月里外从容
三月刚刚扬起脸
大雪突然断了

一　场　雪

一场雪

从童年一直下到今天的门口

很多书已经下旧了

很多朋友也下散了

雪的哲学是冷做的

雪的美学是静做的

雪白的一张纸

把我的心思描绘得清清楚楚

雪是逃不出去的

雪像时间落在我身上的手

雪中

有人在路边为故去的亲人烧纸

火光仰天长啸

雪花烧毛愣了

纷纷从天而落

化泪而行

一场雪

下完了一盘棋

下来了雪花一样拥挤的故事

雪里人的声音

没有火光嘹亮

一场雪经常被人当成一场事故

人们习惯了

等

雪过天晴

雪上冬至

雪上白桦盛开
心上裙子盛开
雪上飞雁高歌
心上在雪一方

雪上一帘笑容
心上冰雪飞红
雪上不辨身是客
心上伊人故乡行

雪上梅花乱云飞
心上天光又迎春
雪上扬鞭尘霜起

心上一路到家门

雪上心上祈在祷上
我的你的欢在喜上
听见了没
雪上哦

雪上新闻时时冻成烂事
心上童年已过万重山
雪上的寒冷把爱过的手指头
一个一个又连在一起了
心上的风衣把用过的日子
一件一件叠进了字里
雪上冬至
家家户户提倡吃饺子
心上今天礼拜天
安逸一望无边

雪上深刻的诗歌越来越多
心上留下的诗句越来越少

雪上人家

继续用唐朝的刀杀宋代的猪过大清的年

心上兄弟

反复念过去的英雄、撒今日的娇、盼明天的好

雪上美人

雪来雪去无处不新

心上我爱

具体着每一寸家园

听见了没你

雪上哦

雪上看你

雪上看你
亲手给我铺下满天阳光

一本书打开
读不完
一种时光散尽
不变模样
一座草场转来转去
眼底留香

一杯清茶
一直喝不完
一句嘱咐

一直用不上

一滴盐

一直用不尽

雪上的快乐

孩子知道

纸上的桃花不知道

孩子的天真

天知道

地上的季节不知道

如雪的天真

你一生能用得上的名词很少

天真如雪

你院里能留住的浮云比天空更少

你比我清楚——

熟读唐诗三百首

人间烟火关不住

你比我在行——

雪上轻歌赞美诗

天堂天风送钟声

你比我像样——

冰河雪阔童年远

喜鹊横穿白杨树

你比我诚心——

感恩如今真如梦

芦苇阵阵守天光

雪上雪下

安静的房子不动的白桦私语的行人

天高一笺字多少

云淡月光渺

雪上女儿怕听风

小楼深锁一灯又临窗

雪得无是无非

冰天忽然好柔软

雪上看你

雪上孤独

今夜爱你的人是谁

我不知道

今夜谁的童年和我在一起

我就和谁一起烤苞米

雪上一起走过的兄弟姐妹

已经没几个人了

万家灯火继续肥而不腻

我的胃口里

嫁人的嫁人

离婚的离婚

私奔的私奔

入监的入监

今夜

够不着一个兄弟

下酒当菜的

雪上自己

一场大雪如约而至
一场朋友
今晚没一个能来和我接着
雪上走走的

雪上城市
家
搬来搬去
人
走来走去
话
说来说去
年

过来过去
梦
飘来飘去
路
绕来绕去
眼
逛来逛去

完了呢

今晚我一个人在雪上
跺跺脚
干脆把自个儿跺得
正派无比

雪上她语

雪上窗花

你一支薄命的茅草

你纤细

你青翠

你是月光生下的孩子

你眼眸幽暗

你的小叶子细细密密

你的头发

手指

腰肢

绸缎

呼吸

你小心翼翼向晚自语

你不需要风

你一次性盛开

你伴我而眠

你铺开一夜梦境

你不让我想太多的东西

雪上欢喜

饭是米煮

儿是娘生

大雪东北兆摇篮

风拦不住风

我挡不住我

你选择了你

这一次

一定在雪上东北

人魂合一了你

雪上

一步一步

满脚油画的声音

树木广泛静默成烟

空气清鲜

初恋才能发出的这种不安的气息

四处弥漫

能用身上所有的名词

换成这油画上任意的一笔多好

安居

当松鼠的好邻居

每天办一件天下大事

记着在树枝上挂几穗老苞米

暗自欢喜

雪上惊心

心
瞬间惊醒
我醒着
使劲儿也够不着我
沉寂比我更辽阔
雪上空无一人
好多年了
谁
深刻过雪

雪上东北
岁月清零
诗还给了诗

书还给了书

人还给了人

一丝不挂的童年好舒服啊

小时候的自由自在

顶得了一辈子的花天酒地

雪上东北

还给了我赤身裸体

冰天雪野哦

言语归零

爱意明晰

雪上阳光

反复耳语

美吧

就得美到浑身的念心

软到没有缚鸡之力

雪上人家

替我打来深井泉水

雪上山村

替我鸡一群鸭一堆吃喝拉撒

雪上男孩女孩

替我风一阵雨一阵半醒半梦

雪上妈妈

一边盛饭

一边重复磨叨一句话

——啥时候你才能长大哦

雪上放下

雪能办到的
我办不到
雪能带来的
我带不来
雪能美好的
我好不了
雪能纯粹的
我粹不了
雪让我一点一滴地知道
雪
一生掷地无声
得失不计

把脚步交给雪地

树就来了

把双手交给雪天

你就来了

把心思交给雪天

童年就再离开不了

天语落地

大雪东北

雪和雪同一个信仰

同一种飞翔

雪和风一路相伴

一个方向

心手相连

亲密无间

雪上修魂

大雪不是圣经
落地却童话缤纷
大雪不是歌声
漫步却处处天音
雪上的孩子
个个是你
雪上看你的
人人是我

雪上
所有生命
只是一个人

雪上东北
辽阔无比
雪上东北
一人遇见自己而已

雪上东北
每一个上学的孩子
都是一身童话
每一个劳动的人都在
立地修行

冰雪让人无处藏身
天光送暖
暖若母亲

雪上昨天打动我的电影
是阿尔巴尼亚故事片《宁死不屈》
东北今天安逸我的是
经典歌曲《奇异恩典》
雪上昨天我的朋友车水马龙

借书借钱还有借酱油的吃饺子的
他们还不还
我也记不住了

东北今天太阳高悬
天空死蓝
我用赞美诗音乐
点亮一支烟

雪上羔羊

1

雪上悬梁多少月
笔下生风不见娘

2

我们一直在病句里忙活正确答案

3

我为什么反复沦陷诗意之歌
因为我爱上了自个跟自个唠嗑
来去反复

一笑了之
雪落花开
童年又来

时光像一支烟
叼在嘴上
青烟怎么缭绕
青春就怎么盲目奔跑
我像个编外上帝似的
用悲欣的笑容
抚慰我身上每一天的羔羊
和每一叶草香

美哦
我的日子
雪上羔羊

雪上想你

雪上的日子
把我过的越来越专业了

雪在窗外
把你下来下去
冬天拉长了东北的怀念
不想你
好像我不是个文化人
下定决心去想你
省着隆隆的黑夜
把我拆吧成个雪上孤儿
不怕牺牲似想你
让满书架的名著

眼睁睁羡慕嫉妒恨
排除万难着想你
争取胜利地想你

雪这么安排了我的今天
我就老老实实这么想下去

雪野光复了你缕缕清香
东北就成了我情人
亲
你还能死哪去

雪上过年

1

雪上的故事都很像雪

断断续续相识

轻轻静静分手

热乎的喊哩喀喳

散场的有模有样

雪上儿女

爱怨都是可有可无的庄稼

有你没你

日子都一样

雪上新年旧岁
人忙前忙后的
眼看来看去的
没一个人忙乎得比雪守本分有思想

雪就这样
身在脚下
魂在天上
软软的陪你看春晚
硬硬的独守坚冰
雪在新年新出了老道理
——雪比人坚强

2

质朴的雪生质朴的问题
高贵的雪产高贵的问题
欢喜的雪泛欢喜的问题
怨怼的雪出怨怼的问题
比如的雪冒比如的问题

诗意的雪想诗意的问题

3

我的年龄感同身受
我的脚丫子越来越老
再往前走
脚上的伴侣会一个一个走没影子了
过年了
我抱着我的脚
感觉比下锅的饺子还好

4

雪上我看了春晚
——除了童话和神话
人间时兴无话

青山挡不住
一江春水提速返祖

6

接下来

我还会用雪一样的心情

欣赏人间梦想年代的可爱事情

"福"系列

福上你我

地上的人太聪明了
天气跟着深刻得满脸阴霾

上天太天真了
地上的诗歌
已经深刻到上天
根本看不懂

进入冬季
日子的主要特点是
地上雪越来越厚
我诗意的热情
一层一层超越了最勤劳的工蜂

一天下来
日子反复端详我的面孔
日子可能有点看不懂

嗯对不起
我跟你不是一个朝代的
我在冬季忙乎写字
主要是为了防冷

福上问福

世上没有无缘无故的爱
春天会有无缘无故的死

人是什么做的
梦是什么做的
爱是什么做的
苦是什么做的
爹娘是什么做的
名词是什么做的
日子是什么做的
时间是什么做的
诗意是什么做的
问题是什么做的

回答是什么做的

面条是什么做的
人间是什么做的

活着是什么做的
死亡是什么做的
神告诉我
你闲的

福上天使

天空解放了雪

寒冷解放了夜

天使之泪

落地轮回

我活下去

用你的鲜血

我写下字

用你转身散漫的缕缕天香

——同是天涯沦落雪

相拥何必曾相倚

雪只能雪成雪的样子

我只好好得越发像我

开始你是一本没打开的书

惹人想碰

然后你是一本敞开的书

读了不懂

现在你是一本合上的书

逼我

阅读一生

福念奴娇

茶
和你喝茶
天就喝黑了

灯下墙上字
苏轼念奴娇

门外湖上冰
风唱夜来风

岸边冬日草
翻身吐香茗

奴娇今夜是
来日念何人

向水人如月
灯下神相逢

春上雪下
月光如肤

如是江山如许梦
鬼斧儿女天作成

有儿伴茶哦
念
奴
娇

福上我说

1

资本本在
急功近利
人生生在
饥不择食
诗意诗在
验明正身
天意意在
与天同命

2

幸福去哪儿了

幸福也不知道
苦难去哪儿了
苦难也不知道

春天来了
地上剩下一大片
不知道

3

你的血液天上来
的
落地为男
你的血液
是一个人的兵团

你的血液
走不出你的草原
像草原
说不完天的心愿

你的血液

没完没了着

红

天哦

一心一意着

蓝

三月的福

1

春天和我神交心许
挺身替我走在所有语言前面

三月物换星移
天风谁语
今日魂去神留
地吟我声

2

苦难和幸福是一样的
人多嘴杂

把她们弄乱了

3

诗意自觉

禅意自觉

天意自觉

一个人自私自利之心自好了

幸福得

无中生有

4

人人理解春天

使她的孤独更加深刻和饱满

人人喜爱春天

使她的美好像我一样无处藏

身

5

人人都是免俗大师

只有大师能保证

人人都不免死

6

三月

生活出于艺术

而高于艺术

形而上天的哲学

开始指导汉语直辖的人间烟火

诗意自觉

禅意自发

天意自在

凝聚一种神奇的力量

雾霾清屏

地气眷人

春色上升

三月
为各路梦想操碎心
做足了功课
三月
是人间的好老师

7

天
一直笑我
想了想
我也笑了

8

日子开始
自学成才

9

人和人是很容易走散的

云和人一直没有离开

10

人洗澡行
人洗礼人
不行

11

人生太美
抽不出时间老去

12

这个三月
唯物写实手法四处漏风
神秘穿越刀笔无孔不入
失命失魂失联想
有春有风有如空
鸟
没声

人

发蒙

诗

成行

13

活着你要爱死我

死了你要选专业上坟

神哦

落地

咋就落出一片神经病呢

福上庭院

雪上一圈栅栏

你就院里院外了

院里支起个烟囱

你就有家有饭了

院里鸡鸭鹅狗的

院里伸手不见五指的

院里最静的时候不是半夜

也不关哲学

院里最静的时候

是屋子里又生小孩了

哇哇大哭了

院里爹娘忙前忙后

雪上的日子
用不着思想
鸭比天高
肉比饭香

院里离上天很远
每一根草都是能安神的地方
院里在孩子身上
初步落实了
皇宫热炕
尊严木窗
时间行政
屎尿权利
名词造句
口语面容

院里的人类一草一木了
院外的我们
文文化化君君臣臣了

福上墙头

院里一睁眼
太阳就连着月亮
男人就拉着女人
孩子和羊群边上玩去

雪上冷暖主要是墙外边
一会儿走过一群高头大马的人
一会儿飘扬一团红白喜事的脸
一会儿跑来一堆人儿
一会儿反正不知道
下一会儿

院里旧事和新鲜事长得差不多

女人走过新风遗风
日夜唱着心求所倚的老歌

老去的院墙挂几声驼铃
多少繁华的你
只在微白的黎明泪追芳裙盛开的那一刻

那些隐藏在笔画里的旧事
被谁的院子
翻出
又
深深暗合自己的角落

福上笑言

天
一直笑我
想了想
我也笑了

日子的戏剧性
职业化了每一种活着
新闻天天
摸石头过天

人和人越来越容易走散了
云和人
开始越来越忠贞不渝

人洗澡行

人洗礼人

不行

这一次人生美得密不透风

我很难抽身

认真去死

福上我你

雪上东北
大浪淘鱼
网漏出了我
网兜住了你

大冷天的
网的外边
我一头鱼
今夜
不知游向哪一盏月亮
能够上一个酒杯
代替了你

雪上人生

手跟手反复分手

手在手上

越可爱

越可疑

"月"系列

元月欢喜我

1

东北一月天
冻得人直想写诗

2

傻傻地看着地上的英雄
傻傻地望着面前的天空
傻傻地守着出生的城市
傻傻地瞅着落叶的身影
傻傻地认领上天的礼物
傻傻地欢喜自己的一天

3

新年见红

生命兴隆

群里群外

举目皆亲

傻傻的红包发出去

傻傻的一片叫好声

4

笨笨的冰天

笨笨的雪地

笨笨的新年

笨笨的东北

笨笨的孩子里倒外斜

笨笨的天光慢条斯理

5

元月人生天养成

傻傻的

笨笨的

嘿嘿的

呵呵的

暖暖的

欢欢的

三月两语

1. 一条大河
   波浪多
   每一朵浪花都找不着我

2. 面朝春天
   对症下药

3. 春天的清香
   唤醒了我的真相
   冰退向水
   雪还给草
   一个人推开一个人的海浪
   一滴水的冷冷暖暖是他自己的事情

春天

让死亡深刻不下去

春天有权力把自己放给了牛羊

春天顾不上草木长出什么思想

4. 还有月光一样

明火执仗的马后炮

帮你把深夜的羽毛一根一根擦亮

5. 有兄弟

转世为诗

入土生禅

不亦神乎

6. 春天还辽阔繁荣了每一个

正派不起来

变态不下去的

大步流星着的

不明飞行物

7. 替我去者昨日之日已人空

　　为我念者今日之日多迷踪

　　早春万里送飞雪

　　银香素艳芳满楼

　　国是人非江天改

　　兄来弟往喜胜愁

四月春天

你我无限

不抵一息人间灿烂

天光渐散

逝去谁的光彩

从心徘徊

年月不改

难耐了谁的无奈

缠结这话里话外

一座春天

不如一杯茶水活得明白

锦绣江山疑爹娘

一半慈祥

一半倦颜

转山之女
山转
泪下眉梢
下泪

今夜
锦衣淡定
少一块人间的抹布
擦必要的脸
你我无限退减
村庄丢下一根草
你放下你
用过的容颜

今夜东北四月天
屋里清香木清香
窗外雪来雪去的
清凉

面朝春天
一梦就灵

七月临水

1

不谋不取
心安地安
不要不求
得风得水

一声轻笑
人比泪咸
一语经年
梦比蜜甜

2

球场上
人踢球过瘾
球场外
人不踢你踢谁

富贵本来没有什么天意
赶上你就得组织起来清贫了你
幸福本来挺形容的
轮上你就披头散发的啦
开始是个名词
碰上你就想动词了
这年头
汉字不容易

3

给你有爹娘不见得你感恩得了
给你上好的情谊不是让你任性着作妖
活着你就再好点儿

脾气就再小点儿

想法就再阳光点儿

说话就再轻快点儿

走路就再多走点儿

从来雨落花溅泪

不由分说鸟惊心

声色犬马

累月经年

草木水石

韵味中天

谁的安详比得了绿树的思想

4

给我一个春天

我种两棵木槿

春天没完没了

槿儿茁壮无边

轻重俺不知

自在风应晓

5

我本羽毛

缘风而飘

并不是每一座高山都能让人看得远

也不是每一座高山人都配看得远

烦恼有时是莫名其妙的空

像点钱点出了纸的感觉

劳动劳成了飞的冲动

良知为根

以人为本

6

学会生活是很难的

学会偷生已经很了不起了

我们没有多少幸福的理由

全靠春天三心二意着宽容

安住当下
紫竹看花
——心咋老哇
她又不忙着挣钱去

7

每天越来越着迷
生活越来越看不懂
就想疯一下
完了狂了
像织闷骚的衣
耍过口的大刀
流明日的时尚

谁在春天扯寂寞的蛋
犯孤单的贱
青青春春的你另哪天的类
呢

8

把简单的事规模化春夏秋冬
把一次性人生
活出个人鬼妖狐
挺过瘾

一句话
暗算了一个年代

9

害羞费纸
没臊省布

10

在水一边
看一棵小树的世界观
想起时不由人心不往
细数少年爱荒唐
没治了哈

人间九月天

1

人间九月天
人间多么像样

广泛的草木开始
旁顾左右而言她
大地给了生命一次方向
上天专门回收了方向
认命无殇

东北多么像样
每天都保持上天应有的心情

诗人多么像样

每逢秋天

自动落实一回心照不宣

2

人间让烟火得这么好

我已经插不上手了

比如

万里江山人来去

比如

不及马公诗一首

3

人间九月天

秋光一字一句

坦白从前

地上的少女改来改去

路边的野花一成不变

最后的芳草

萋萋袭人

最初的初心

迎风不已

生活成功领取了

我的欢喜

哪怕弟兄们反复姐妹着

模仿雨水泪崩

纷纷离去

我坐在东北大炕上

稳稳地抚摸一只只蝴蝶

飞向天空的颜色

间或鸟儿悠过

三三两两的叫声

一窗缤纷

红红绿绿

4

多年以后
人间陆陆续续九月天了我
我多多少少
替无数无辜离开人间的人
诗诗意意活下去

其实关键时候
东北人都挺那个的

我和十月发生的关系

1

长亭外

父母旁

芳草伴我想

一次人生多分手

无语念慈祥

天之你

地之我

冷暖知几何

一觉秋来落花声

叶叶如梦说

2

天歌地唱恩典多
到处牛羊到处我

嘹亮秋光今又是
纵人撒娇写往事

诗意在手
天意够用

3

天光人证
人过自证
苞米恢恢
粒粒不漏

4

一部文学史反复告诉孩子

美好是拿来胡闹的
梦想是拿来打垮自己的

5

宁当中文路上的技工
不做人世宿命的天风
你好意思说
我不好意思听

6

秋天很具体
上天的话无处不在
一句一句清晰而嘹亮

蓝天很具体
所有私心杂念都是浮云自
诉
跟天真没有什么苞米关系

7

这一次来到人间
童心还没用上一半
诗歌只写了半行儿
爹娘只见了一面
太太只笑了一回
情书还在举棋不定
天就降到腰上

遍今生
人意、诗意、禅意、天意
处处是你
举神往
童心、痴心、爱心、悲心
时时是我

8

汉语只有解放天空
才能最后解放自己

9

村上春树又没获诺贝尔文学奖
但他当上了诺贝尔文学奖市场上的专业难民

10

后来秋色天光越来越心软
娘说
快冬天了哦
我就多穿上件衣服
准备出门

后来秋天总是水落石出
才让我们真相不明

秋日恩典
天光送我万语千言
水沉叶转
谁能再见谁的明天

11

把一次人间之旅
用有限之利害
集体安置为无韵之人生
这种文化设计无论其动机出处多么有理
都是反语法

每一种逃亡
都是前夜英雄

12

女人照亮女人是光学
女人照亮男人是神学

13

叶落千种耳语
句句芬芳不已
为什么呢

14

文如其人

你我一生在路上

人如其魂

天意童心始天真

魂如其神

诗意坐化泯悲欣

神如其主

一身来去不留风

15

一张白纸上的黑字

得天意者得诗意恒久

失天意者失诗意天下

诗人诗语和赞美诗诗句

像地上的诗歌与天落的天风

什么是一时大地上的繁华

什么是蓝天一样的天真永远

孩子都能看得清清楚楚

16

要么心比命高
要么命比心好
要么是童年的牺牲品
要么是童心的战利品
你

17

神往就是方向
失真就是失明
多少诗歌技术上巧夺天工的
时尚英雄
提速昨日黄花

神往天真
立地成家

流派要泉水一样流出来

流派热衷于技巧分工

分明孤独求败

18

童心散步

改正错别字写就的前世今生

童心漫步

放下一身多余的年龄用不着的心智

19

顾城替诗意离开了女人以后

我就替人民远离了金属

——题顾城这死孩子二十年了之今日

20

我穷在穷尽一生

能与童心之念媲美的自己

少得可怜

21

秋天的女人倾向举目无亲
秋风预先告诉了她
以后的日子要靠自己
自己的女人倾向回童年去
那里的季节不欺负人

生来就孤绝的你是没有的
除非树
一心一意坚定了枯
风
视死如归着归
手
咬牙切齿着手

感动
是一个人自己的家务

22

美人迟暮

春心不已

但为国故

暗饮自己

不了了之

知好是好

23

天有多坚强

你就有多蓝

你的美好

来自你对自己习惯性的认

罪伏法

然后

天就亮了

24

草木绿出了兄弟

轻风吹来裙子

身前身后鸟语花香

差点忘了上班在什么的地方

25

装蒜和撒娇人生必备

关键在恪守诗意的山礼山规

"光"系列

汉语的光

1

汉语天才
——人性太成熟
　　天性太失足

2

三十年前
诗歌朦胧着撒娇
三十年后
诗意失联着散养

3

人类没新鲜
名词新了

汉语没神往
羔羊草上忙

不用寻找他的尸体了
一次生命
很多人不知道春天会什么样

爸爸的光

三月是你离开世界的月份

爸爸

你离开世界以后的日子

我都替你活着呢

今年三月事多

我把你老朋友的话挂在这

你们继续唠扯吧——

湘灵怨

——哭郭石山教授

公木敬挽 1987 长春

摇首悲歌发：

噫，石山呀！

海何遽枯，

山胡突裂。

争奈老妻，

病榻卧反侧。

行不得，行不得也。

一梦竟成决绝。

弥留片纸只言，

上床便与鞋履相别，

闻里倍凄咽。

嗟，嗟！

想诗魂亦必，

夜夜绕屋舍。

挥不迭——

敲窗冷风，

窥帏凉月。

人世诚难说。

唉，几圆缺？

天年仍夭，

高风未沫。

哀哉故人，

慷慨多奇节。

非沉沉、非沉沉者,

耿耿胸中热血。

融汇唐宋古今,

下笔自是波诡云谲,

吟声塑雄杰。

哦,哦!

真性灵安待,

蛮触竞功烈。

弥长白——

雁阵澄空,

鸿爪晴雪。

泪上的光

1

仅以春天送给我的一枚绿叶
就足以让我感念一生

天眼里面没有失联
天风送我所有思念

人同此人
神经经神

2

这个三月好像先天不足

谁都敢来欺负欺负

3

春光送我往事重来
忙活了半天
巍峨的心事
也就一张照片那么简单

4

嗯
今天一定是我做得不好
今天
我会看到这么多人间苦难
嗯
今生一定是我做错了什么
今生
我会一滴一滴把泪流干

水上的光

1

三月东北水还没化开

三月海水应该是正常值班的情况

三月以来日子有点不会过了

三月以来脑袋就进水了

三月的水一会冷一会咸

三月用一个什么词好呢

2

油用没了

飞机没了

耐性没了

我就起飞

我要集合天上所有的云

张开日月星的每一副眼睛

品透身下的每一朵海浪

这一次

我活要见人

死要见尸

我受够了人间

无缘无故的生生死死

什么好玩的事儿

没完没了的

3

春天一直跟我神交心许

我跟春天一直相敬如宾

她一直跟我过得不言而喻

我一直也没拿她当过外人

她除了爱什么也不会

我除了爱也不想懂什么道理

她来自天真做不了假
我天生诗意也没玩过鬼
这个春天咋的了呢
是我有病了
还是这个春天开始
跟人类三心二意

4

日子反复让人失灵
我们软硬兼施
表示我们还行

5

谁跟童话过意不去
谁就死在童话面前

微信的光

1

早春三月
裙子依照鲜花的信仰
层层盛开
中原犹如长安的梦想
平平仄仄徘徊

2

时光进入底线思维的年代
一只像上上签的风筝
咋飞都像飞着一个字
悬

3

早春三月
雪上村姑还没缓过神呢
岭南花柳
已经披头散发一脸是汗

4

汉语是日子的工具
失身与尊严
不改你身份证

日子
只有日子
才能把汉语汉得老老实实

5

早春之夜
我告诉兄弟

心借梦走

人替天行

先知后知

一样无知

6

汉语来到世间

全心全意

在地上补天

天

急得天天出冷汗

7

天是真的

人类混战于各种技术

工种

一打发时间

二打发大米

8

早春看冷月
自语诉清明

——借梦如来花还草
留神向天身作云

天路人尽遍地歌
云来风走到处我

江山自成心自平
春暖花开水先冷

9

有多少往事
像这个春天一样走来
让你的直觉与记忆
不断自己耳语

杯中酒

一饮而尽

杯上风

品不完

地上的光

1

知道你冷漠如霜不知道你根深藏梦

知道你温柔春光不知道你萌发魂香

知道你叶落成堆不知道你神游何方

知道你满山繁华不知道你意味群芳

知道你慧眼凭栏不知道你起伏悠扬

知道你树下蓬勃不知道你根本念想

2

龙抬头上血

祸福哪边行

3

唐诗宋词千百首

三分暗喜七分愁

赞美诗歌一声唱

天风洗眼看自由

4

雪上天光

八百里加急也不急

再皇的皇上也不皇

千古神话也不神

百年传说也不用说

刻骨铭心也不入眼

三纲五常也外行

古代汉语也用不上

上香祈祷也不灵光

——雪是天做的

光是天来的

雪上天光风自唱

我看我听我借光

娱着

5

天才是人类病出来的光芒

天光是上天专门颁发给人类的恩爱秘方

6

仗剑欺人者

一剑了之

依鬼蒙神者

魂归一鬼

7

羔羊

替我奔向草场最绿的地方去

天边

哪里阳光灿烂哪里就是我童年的脸

8

到阳光最热爱你生命的地方去
到你宜居的家园去
用羔羊的思想
退出荒漠
再度甘泉

一天又一天
一年又一年
春天风有多么自由
人就应该怎么办

9

与天为伍
无从孤独
与神为伍
童话今天

10

日子没有歌声

听什么

年代没有诗歌

记什么

天上没有白云

看什么

地上没有真情

笑什么

雪上的光

1

后来我用羔羊的信仰
从一而终了绿草蓝天

2

文学上最怕自作多情的英雄汉
而诗意就最勇于一厢情愿地单干

3

日子天天在消失
我天天字上守夜

小时候喜欢看到的东西天天在消失
我天天纸上守灵

4

我跟我童年的关系挺好
对今天和明天没太上心

5

做最好的寄生虫
在人间不断一见钟情
不断一切随风
时光的一声叹息里
我们首尾统一
咬牙年轻

6

良知和美好是先天的诗意

7

那花蕊蕊了
那花瓣瓣了
那花色色了
那是我在漫漫寒冬后
等来的第一个
春春

8

借命如今
童年在前
好好喝茶
替我看天

9

诗歌好在人人可发神经提天问
还从来无力回答

10

雪色春光二月风
树木霜天云上冷

风清日暖伊人远
自在飞鸢由梦牵

镇日浮沉云渐断
一字上下画婵娟

11

感谢天真
随时随地恢复我的童心
感谢女人
唠唠叨叨就光复了我的性别

12

走

回家乡流浪去

13

冰天给了我雪一样的含义
半推半就
我又来到春天

一个红衣女孩擦肩而过
嘭的一下
空气染红了我的双眼
熊孩子
你要吓死我哦

14

不是举起昨天的手
打上今天的脸
就是举起今天的手
打上昨天的脸
——时间还是比脸圆

15

别看了我写的诗
就把我当文学名著
我是个简单的人
买张票
你就可以在我身上
随便走来走去

"我"系列

友情链接——左手

和左手认识一年了

和左手见过三次面

和左手通过三次电话

她让我谈谈她写的诗

她给我开了《郭力家的博客》

她给我的留言是

——睡狮醒来啊

啥时再聊哇

然后她就病了

然后她就死了

她肯定不会再写诗了

她也不会再给我打电话了

她来得挺轻

她去得挺静

她的笑是软的

她的诗也是软的

她人来人往得像个童话

她不会让人习惯

死亡也是一种生活方式

她不会和自己的女儿继续秋水伊人了

她不会眼睛转来转去

寻找水边木屋的门了

写诗

是自己的事情

放手

也是自己的事情

她挺真实地做着自己的事情

事儿做了一半

心情刚进夏天

人间的风全面离开了她

这座城市静得没有一点叹息的声音

这一次
琴离开了手
时间趴在门外
一动也不动

她留在我博客上的一行字是——
友情链接——左手

嘿嘿左手
你可真有意思
你忙三火四地把我鼓捣醒了
你不声不响地让我瞅着你
一次性从人生净身出户
不像诗
像作文

我用秋天春天我

1

秋凉秋爽秋草香
连夜不忍关夜窗
浓茶一杯烟一支
秋光步步铺满床

2

秋天最适合春天着过
秋天最适合春天着想
谁让我有生之年
中文立地轮回
汉语死不瞑目

3

用昨晚的月亮
照耀今夜的星星
真不行

4

寡妇门前苍蝇多
只缘英雄太缺钱
真没整

5

羔羊天下草连天
谁得秋风识冷暖
秋天了
人类需要动词

6

秋天纷纷

天语叶落

春天缕缕

舍你谁我

亲

我用诗意造句我

1

世界这么大
一天到晚跟我在一起的
只有一个女人
这是公平的结果
还是正义的原因呢

屁颠屁颠地上趟街
屁颠屁颠地买一堆吃的东西
屁颠屁颠地进公园
屁颠屁颠地整一袋瓜子
屁颠屁颠的风

把瓜子皮吹得一满地
世界跟我就这么点屁颠屁颠的关系
完了还挺上瘾

一个家庭
一个女人
还和我屁颠屁颠地忙三倒四
哪说理去

2

诗到意为止
神到往为止
生到死为止
灵到魂为止

——这一天把我累得
光散步散出的伟大思想
就淌了一脑门子汗

3

东北最秋天的今天下午

一道来到东北的茵莱湖畔

——长春南湖

从诗意全球化的人类归宿入手

全面深入考量了

一杯茶水

来到世间

从头到脚每一个毛孔散发着无私精神

水的一生从来没有求过人

我的一生时时有求于水

水是自然做的

尤其东北深秋

一杯热茶水哦

4

年轻的时候

立志在家做个好丈夫

在外当个好情人

5

从小到大
东北只对我干了两件事
先开了我少年的眼
后伤了我年轻的胃
老了
一遛弯
脚底一步一步跟成语似的
悲喜交集

我借冰雪描写我

1

诗一直没写好的好处是
一直想写诗
天一直没看透的好处是
一直爱看天
人一直没爱够的好处是
一直惦记人

2

人到中年
主要业务就是把自己解散
喝没头没脑的酒

说些能听懂的话

散养出一个新童年

3

天语落窗闻旧问

去日花残无新人

4

年少赖床怕早起

豆腐一声天下白

忙活穿衣忙吃饭

一路哎哟上学来

5

想贱全贱

美好一片

半贱不贱

胡拉半片

贱了又贱

愚公移山

6

今夜降温

我开始照顾我自己

黑夜开始照顾黑夜的冰雪

每一寸寒冷都不容易

每一条夜路都开始奔向家门

黑夜和寒冷

让人变成羊群

今夜

人到羊群为止

感恩

冰雪临门

我给我点燃一支烟

烟火一明一暗

7

最后我只讲一句话：
世界是男人的
也是女人的
归根到底世界是属于爱情和诗意的
我的话讲完了（掌声）
感恩节
想起一次会上
我说

8

电影里
法西斯也离不开鲜花
生活里
鲜花离开法西斯
还是鲜花

人老了真好

——祝我生日快乐

1

回头翻看 80 年代的黑白照片

只能说

有那么一个年代

一个月不洗澡的青春

还理直气壮个阳光灿烂

2

小区响起人类的最强音

——磨剪子嘞

戗菜刀

3

为什么我的眼里天风浩荡
因为大地上的儿女反复童话缤纷

外边的世界很精彩
帮我变着法爱上自个这头菜

4

人老了
真好
太太越来越把我当人类内部的人员对待了
走到哪儿
都挽着我一只胳膊
我感觉我在马路上
浑身充满了具体人生的重要性

人老才发现
青春能不能派上用场
不在你是一块多好的抹布

而是看时代需不需要擦玻璃

人老了才发现
不少诗歌还在此起彼伏
朝文学史方向一路狂奔

东北可不行
东北冬天太冷了
我写诗
只想给自己铺个好坟
让死了以后的日子
天天暖暖和和的
谁来了
也不再开门了

人老了
真好

5

1958 年 12 月 8 日

东北发生了一件小事
——长春冰雪封城
天空冻没了鸟影和鸟声

一位母亲拼尽全力
用子宫发出一声隆骨隆咚的血泪叹息
——我的伢仔咧

一个湖南长沙女子
在东北长春生下了她第五个儿子
——郭力家

2013 年 12 月 8 日
东北发生了一件大事
我祝郭力家生日欢喜

人老了
真好

"你"系列

诗意预知你如华如剑

鸟兽回归丛林以后已经没有真实的刀剑
描绘你的羽毛

一个人奢侈一个人坐拥一座大城
独享与背叛都有痛苦的秘密
那就是
你一个人的自由
长不出能飞翔的翅膀

没有谁的海能淹没你
你美丽的破罐子破砸

你一个人的声音
换不了时间在你脸上盛开的笑容

境态看人

你是谁的宝贝心肝
一辈子在乱炖里翻来倒去

谁是你的口舌
一辈子在煎炒烹炸中串了味

你是谁的纪律部队
一辈子在汉字上调来调去

谁是你的淡淡书香
一辈子在文字表面花拳绣腿

你是谁的别梦依稀

一辈子在鲁迅坟上大流鼻涕

谁是你的酒色前程
一辈子在大起大合中人仰马翻

你是谁的望子成龙
一辈子在负罪的东奔西撞面部表情可持续语焉不详

谁是你的枕边文字
让夜晚说你累、让诗意说你行

谁是你的青梅竹马
一辈子骑头瘸驴怎能追上孔雀南飞

谁是你的风流债主
一辈子卖儿卖女去要回断顿的口粮

你唱吧你

你盛开过你
你记忆着你
你春天着你
你不计撒落了你
你一整片叶上的你

你缘起你
你种子你
你喜欢你
你悲伤你
你一瞬间失去你

你从此丧失你

你从此守候你

你褪去光泽了你

你芳草站立翻飞掠你

你公园等不到你

你殿堂默语颔首忏悔你

你那些匆忙远飞的鸟带走你

你父母轮回青云远雾沐浴你

回来如去

窗外月光散尽你

晚霜浮云沉浸你

季风回归传说你

多年前多年后一泓清水联想你

谁正默默谁正莲台清茶话你

那么难的山路雪路走向你

你人前人后一丝浅笑你

你逃出了江湖兄弟

你离开了木棉姐妹

你剩下了一个为了笑的孩子你
你起身离开你

你唱吧你——
记得当年泪欲飞
以为君去死不回
如今人间花谢梦
天水一方谁依谁

这些年 你

1

这些年来
女孩跟我一近边
转身就普遍到天上去了
男孩一跟我友好
接着就爱进监狱

生我养我的这座城市
像一个没完没了的大型工地
一天一天
有板有眼的帮我心碎
昨天我是水泥

今天我可能当钢筋
全凭这工地需要用你当什么东西

人是可以上天的
这是本城的女孩告诉我的秘密
监狱不是人待的地方
这是男孩傻了吧唧总结出来的消息

我用这些年
把我建设成了一块阳光用地
一可以散步
二能够接收倾心的天语

美好
不在有多少悬念落地
幸福
在我是一个天上有人的人
好美哦
这个星期六的早晨

2

做了多少疯狂的事

你

义无反顾了多少的夜

你

肆无忌惮了多少爱

你

挥金如土了多少情

你

自欺欺人了多少梦

你

光着脚跑来跑去

你

忍受不了灵魂的漆黑

你

一头雾水两次今生

你

有没有见过哦这些年

你

这些天　你

1

熟悉了东北就熟悉了什么能让你由爱生恨

2

晨光天语

句句安详

绿叶我树

一手遮窗

3

一日失身

终魂为父

算不好这是谁进了谁的步

4

前不见蓝天

后不见绿水

念天地之汉语

独泪横而无言

5

我一直对去直觉

去当下现实感

去年代感

去国别感的

画面相当美好的诗

心怀敬畏

难以下咽

这始可能终是诗歌的一种现实两种存在

6

后来我还发现我的毛病在
先天偷工减料
后天热衷沙堡

7

世事洞明见天意
人情练达怜诗文
吧

人间七月天——给你

1

你替我死了
我替你活着

2

你人间了你
你炼狱了你

你青春了你
你旗帜了你

你特色了你

你传说了你

你英雄了你
你诗行了你

你痛苦了你
你河山了你

你罪人了你
你义人了你

你自私了你
你为公了你

你文学了你
你童话了你

你绝望了你
你过瘾了你

你独行了你
你单干了你

你认领了你
你迎受了你

你荒凉了你
你暗喜了你

你即兴了你
你抵押了你

你自虐了你
你预审了你

你上场了你
你下场了你

你认可了你
你认栽了你

你阳光了你
你月光了你

你善待了你
你自律了你

你讲究了你
你自燃了你

你拣选了你
你饮泣了你

你算计了你
你隐忍了你

你梦想了你
你坚挺了你

你主意了你
你纪念了你

你初心了你
你自信了你

你对话了你
你批判了你

你物理了你
你化学了你

你普世了你
你美学了你

你历史了你
你哲学了你

你欢喜了你
你神往了你

你东北了你
你乱炖了你

你戏剧了你
你汉语了你

你敌人了你
你化石了你

你天光了你
你海水了你

你笑死了你
你坐化了你

你颠覆了你
你结果了你

你告别了你
你再见了你

3

活得磕磕巴巴
死得流畅过度
你赤身裸体了你
你走向上天了你

4

最后一课
身外故乡
雷雨大作
一笑了诗
你
倚天了你

5

七月
海水开始
深澈变咸

大海知君

从一而碧

"我说"系列

那天文化——格致

有个女人名叫格致
年龄比我小文章写得比我的皮肤还好
为什么呢
为什么我妈把她生在江边就不管了呢
为什么把她扔给吉林北山就转身不问了呢
妈妈在少女年代作出的战略布置
用一个完整的诗意都整不明白

班上有人转来格致写的文字
我挺内行地从大砖头似的稿子中间翻开
然后冲着两边闻了闻
嗯
这边儿是水的气味

那边儿也是水的气味

格致的文字从头到脚

全是江边的水

这条江全国人民都知道

这条江在我家东北

名叫松花江

江里有很多鱼

很多被追尾的鱼很像

江边无处藏身的女人格致

后来格致就来电话了

后来我就和她唠上了

——文字能写成这样儿

我估计你长得不怎么样

——不怎么样是个什么样儿

——不怎么样就是中等偏下那个样儿

——你看见女人被男人打时

你会咋样

——女人漂亮的我就去拉仗

女人不漂亮的就接着打吧

一般男人的美学就是害人的借口
一般男人都是这个熊样

女人格致让我震惊
这么从容坚挺的姑娘
谁见了谁都愿意
大步流星地联想

格致来到世间
世间就多了一扇镜子
这扇镜子显然比萧红还红
这扇镜子像是天堂的目光
一眼扫平了我们浴血奋战的虚伪人生

2006年的冬天在窗外像模像样地雪花乱窜
2006年末我比冬天更像模像样地
摆弄着格致的童年和衣裳
我是你哥我是你爹
你没有年代也没有家园
你敞开着房门
数着何年何月谁的脚步
永不出现

掠影 80 年代

——给那一代人

有过灵魂流血的声音
被风古老地当作了
云
在天际流浪地呻吟

有过不相信世界的时刻
转过身来
只剩下世界坚信我们
值得相信的
他们全都相信

有过一个北方
压在弟兄你消瘦的肩上

沉沦的月下

你在一丝灯光里寻觅着光芒

连太阳也感到人的眼睛

点燃了

就比阳光还要阳光

而你和身影

已经被太多泥土

清冷地冻掉了自己的姓名

有过一堆隆起的浪潮

被一方下降的天空

平伏了少女最初的激动

有过一角刚刚愈合的伤口

为了重温往事或记忆

被一只大手粗糙地掀开

就像有过教训

却教训不了已经丢失了耳朵的人

有过一句话说晚安

声音只吐出一半
接下去他却愿望你失眠一百个夜晚

有过一件心事
像找不到命名的好望角
尽管你在古代就已经公开
而现代船
常常离要去的地方
越来越远

有过一条南方的岸
陈旧着缠住了一位女子的衣衫
呼唤
她的呼唤是足音的呼唤
歪歪斜斜
而棕榈下边
除了第一棵树的身影
优美的季节
和人群一样还没有出现

有过卑鄙

还没领取通行证

就沿着夜晚开始流行

有过一个故事

让人听了一百遍

仍然还象第一次时那么新鲜

有过有过

有过一大堆日子你整不明白

整明白了今天

原来却是从前

兄弟，你走下去

——送刘会去新疆

天山脚下
有一块荒芜的土地
一块被岁月丢失的土地
应该找回来了

兄弟
你走下去

大雁的队伍
被夕阳的残照冲垮了
叫声零乱地划过头顶
撒往身后的密林深处
你

是一个闯进太阳的人
一个少年

一个少年披着一件风衣
身影消瘦地倒在大地上
而太阳似的荒漠
正在你脚下延伸

兄弟
你走下去

二十一岁
这一天墙壁雪白地沉默了一柄吉他
乒乓球台像结了绿苔
还有游泳池里的一朵浪花不再翻起
丁香树下盛开的裙子
缓慢地飘成一个褪色的故事

霓虹灯光的一端
悬挂的一个暗暗的启示

让人十分深思

——昂起云杉的地方

为什么还有一块不毛之地

——这个世界上

谁也不该冷落啊

远方

一团团掺满尘沙的呼唤

向你扑来

那是羊群

浑浊的目光和叫声一道

正漫过一块块秃岩

阳光插进泥土

大地龟裂着

所有声音

踏上这块土地就干涸了

连同幻想

还有诗

土地
土地是不排斥生命的啊
这儿需要流动的东西
血是流动的

兄弟
你走下去

苍鹰
日光深邃着
从游移的沟壑腾起一道沙烟
大地出现的第一条道路
最初只是一条长长的影子
道路从来都是有规则的
这条道路的两旁
曾撒落了几声驼铃
驼铃没有发芽
驼队也没能在这儿生根
只有篝火和驼粪
回荡几缕

风一样遥远的气息

兄弟
你走下去

接纳开拓者的
总是一位少女
一位被月亮压倒的少女
灵魂并没有躺倒
渴望
少女的渴望
会感动所有的人心
冰山北麓
永远攀缘着她的相思
她在等待一双男孩子的眼睛
她在童话里等待着
一个童话的发生

兄弟
你走下去

哈密瓜应该出生的地方

正生长着一颗颗平滑的鹅卵石

空旷的葡萄架

是荆棘搭起的旧帐篷

蓬松地挂满了凉风的声音

而隆隆的雪线上

已经出现陌生的足迹

不用夸张

也不能藐视的足音

开始展开

开拓似的展开

啊天山你应该记住

少年人是什么事情都干得出来的

兄弟

你走下去!!

我告诉女儿

后来就是今天你也是书上说的是水做的
孩呵这不砸碜
苞米出芽毛豆拱土冰河裂肤的声音早先就
这么没完没了地倾诉冬天的激动
哭也是笑笑也是哭连手带脚的你
比比画画的你说不清
说不清人为什么做一回梦就长一岁
痛哭一次眉毛就黑上一层

孩呵
你的名字是哪儿来的你别问
别问自己的手指头为什么白皙又透明
透明的眼睛怎么也看不透

风为什么半路停了树为什么一转眼
活得根本就不像棵树
妈妈为什么话到嘴边啥也不说了
眼泪哗哗的

在你出生以前童话已经用完了在你
诞生以后碧草红花到了心事重重的年龄

只有泥土反反复复扯着你的手和衣服
泥土不管你是男孩还是女孩
泥土是你摸得着靠得住的朋友和弟兄
孩呵

和你长大的
马路边小胡同走一步算一步
磕磕碰碰的以后孤独会告诉你
没有什么大人值得你羡慕
你长大了他们全都得给你让路
孩呵你记住活着你怎么
哭也没啥用

我告诉儿子

门槛绊你阵风拽你沙砾滑进你的眼睛
世界总是和你过意不去
孩呵
你别哭

没有姐姐你也必须长大
没有妹妹你就去抱那只塑料做的小白狗
月光伸不出疼爱你的双手
月亮生来也孤孤零零
星星是泪
现在还不到流泪的时候
孩呵
你别哭

没有哥哥你就一个人走路

没有弟弟你就攥紧拳头

拳头越小胆子越大

活下去

你的身影就是自己的弟兄

注定来到世界上是一个人儿

注定了要用透明的手臂

比比划划告诉世界

我什么也不在乎

孩呵

你别哭

泪水虽咸终流不出海啸

哭声如血也不会滴滴殷红

在你身边的每一刻

连我的胡子也是

你的弟兄

一岁

两岁

除了他还有谁
和你一直走向千年以后

孩呵
你别哭
为了你双眸清溪汩汩
树也忍不住流成绿色
石也禁不住跌作晚风

孩呵
你别哭
会讲话以前
你要让话长满自己的胸口
会流泪以后
你要让所有泪水
都往上流
一岁半了

孩呵
你别哭

一岁半的男子汉就是泥土上的一道雄风

穿不过栅栏

你就把它拆个粉碎

搬不动石头

你就拧紧目光

盯死它一直盯得它骨头生锈

孩子孩子

你干点什么都行一岁半了

你别哭

送兄弟阿峰赴海南

没有战争
将军也是一星士兵
草青青倒长
千年后今天
也许会找到自己的姓名
承认孤独是唯一方向
阿峰阿峰

早就到了这样的时候
宁愿请求牺牲
也不想看到又一个夜空下边
大地上的一切都在重复

苦楚临门时要记住

厄运逼人深负众望

正是为了你的身影旌旗不落

我的目光才暂时选择了沉默

像泥土深深

盯住梧桐

说过了

要想到你会忽然跌倒

并不是因为站立的不坚定

而牺牲是男孩子的事情

所有女子

都藏到我们身后去

命运已经着床

灵魂却无法躺倒

现在谁的血液

还在你的脉管里穿行

芭蕉望海

人

常常是世界遗忘的一刻钟

会讲话以前

话就在讲你

母亲让你活下来

先做一名睁大眼睛的英雄

去天涯海角

去夕阳深处

兄弟你别问了

我

为什么痛哭

要不是身影过分单薄

肌肤翩翩清冷

草野苍茫得令人感动

好在总有人忘不了

曲解你的名字

当夏阳殆尽最后的热情

望着我你还会看到

大海以外的大海

看到帆

无从扬起

道路正阻拦道路

天空继续着蓝色

山

以缄默暗示

永恒

再一次想你不久将临世

使所有的抚爱语无伦次

每一吻都留下入骨的伤痕

站起来

你总是迹尽一场冲突

阿峰

阿峰

纪念日上方伟

因在为上
结在果上

活在命上
命在运上

进在退上
福在祸上

完在全上
彻在底上

诗在歌上

歌在声上

色在空上
瞬在间上

形在像上
山在河上

灵在魂上
人在鬼上

姐在妹上
兄在弟上

科在学上
情在调上

爱在情上
男在女上

冷在热上
苦在难上

生在死上
来在去上

黑在白上
平在常上

宽在容上
放在下上

回在头上
彼在岸上

嘿　男人

那么眼前万里江山
那么一人扼腕无言
那么孩子浪奔浪流
那么如今一马平川

那么顶峰星空不再
那么瞬间直取童年
那么分手云飞雾转
那么可怜独临水边

那么午夜双手扣肩
那么兄弟一诺成金
那么送别就地不返
那么生死君在人前
嘿男人

嘿　立冬

1

不管天空飘动着什么
眼睛是热爱自由的
可能风雪流落成冰
有风动的地方就有风筝

一棵草的轻轻
结束了一个秋天
一粒沙的转身
开始了滚滚童话

2

要是你好意思让我死

我就好意思不活着

要是瞬间可以致命

你别总在一个地方待着

默念阳光吧

用一盏灯

感化雪

写篇日记吧

写一行自己能看明白的话

3

忙得我都没时间活了

疼得你都找不着声了

村庄一步一步村庄

凛冽一口一口凛冽

剩下多少炊烟风起

怀念明天

有一种石头的生长

让肩上的云朵
越来越矮

4

一场大雪风风火火的
赶着我想起你的过去
——那一把鼻涕

你的单纯来自你的河水
河水钟情的人
我是不配得罪的
看到水里的身影
岸就失去了现世的灵魂
我英勇但
我不敢伤天害水

5

谢谢你给了我一帘童话
帮着我从此三生不醒

苍天顾我

每一天我都有一床被

每一晚我还有一种梦

这次人生怎么活都挺过瘾

6

改变不了天气

你就改变心情

选择不了容颜

你就选择表情

预支不了明天

你就用尽今生

杯子凌空破碎

和天空的心情无关

湖泊星星点点

和眼睛无关

前世泄露今生的自己

和你的渴望无关

自己屈膝大地
和泥土无关

别当人还当上了瘾
跟自己喝酒还喝出了情
尽狐狸的本分你就偷着跑
——怎么能偷着跑呢
——那就华华丽丽地跑
说完了吧
嗯

嘿 马辉

顺着门前的路你怎么逛也走不出

母亲的叮嘱

血飞雪落哪一次不是她包好我的骨头

铁和血的声音是不一样的

修行的脚每一步都踩着大爱的路

天气掀开一层一层皮肤

生满故事的双眼无泪无声

开始我没打算今生做人

果色女香带错了生路

刀锋怕热不怕冷

随时出剑输也是赢

剩下那么多嘴开了那么多花

他是他的他啊

挺进时间的肺腑

不要说刀比拿它的手还疼

他和他们一样又不一样

不久他会倚天长锈

竟没有一捧黑土敢随君入墓

心开五瓣莲莲静静——天挂云帘蔓抚我命

一水翻开两岸浪

从来世开始散步的你

被今天的酒杯款款记住

而且远东

而且远东

苦楚的魅力比节日还生动

在鱼彻底养育大海癌完全

砌出医院的日子里

少女比方向正确

水比颜色情感还浓

活下去艺术之外没有战争

灵魂上下我无限深情

年来寒天锋刃无度

使我午夜双手扣肩

人越是不由自主我越是爱干

抚摸自己的事情

世纪末是清理账目的季节
如果情爱结果让我
又找错了人
大片阳光随便就失踪
春草来去全无姓名
往事不断退役才能
记住时间凶狠的深度
接下来羊群的灵魂怎么也
正义不过鞭子
你像个英雄似的
一无所有

我有足够的语言等待钟声
或落幕

而且远东

你呀 远东

其实啥也别说了眼泪哗哗的
是说远东这劈头盖脸的黑土白杨
总是逼人死他个明白
活他个清亮

雪落中天冰河翻卷是年代反反复复
离我而去是你的长睫濒临午夜
猛然盛开

目光盛开了总得干点什么呵而
我该怎么办这时
我被选中了站在故事以外
也年少但只能徘徊在

幽径的背面

也干渴但只能暗念你的背影

要么孤独要么永远

起伏在你眉宇上下广泛的无辜之间

纵然血液广泛茁壮

我的羽毛已经花落别处

如果性命无由相思无眠手

怎么抚摸永恒

如果岁月有一天挺身出庭

暗示你低下头的时候

一座春天和大把大把鲜花都哭了

如果我的名字早就

暮色晨钟

你呀　远东

素描王念红

王念红没有准备好

就来到了人间

一对上海青年知识分子

按照当时革命形势的要求

来到东北的黑龙江

他们又按照两个人的爱情要求

作品出了一个女孩

王念红没准备好

一个人带领弟弟妹妹穿衣吃饭

她还没准备好

一个人参加 1978 年的高考

她更没准备好

一个人匆匆忙忙进入东北师范大学中文系读书学习

那时候

她是一朵藏不住的少女之花

她没准备好爱和被爱

她把身边的男生弄得神经倒挂

纷纷落马

她一直感觉莫名其妙

一个人的童年

是一个人的国家

谁也不明白她一生喜怒哀乐的命里童话

怎么帮她深一脚浅一脚

我也是半懂不懂

看了她一个上午

一直到中午

她请我吃饭的时候

我才清清楚楚看到她

虔诚认真地作餐前祈祷

我第一次这么吃饭
感觉说不出来
不止美好这么简单

一个女人能给人带来临天的风觉
一定是天使身随
一直没有和她走散
这么回头一看

王念红来到人间
早已经准备好了